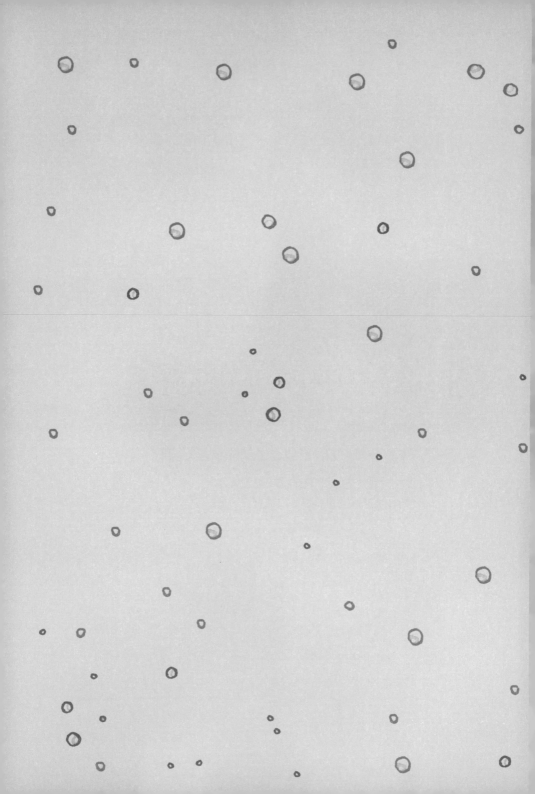

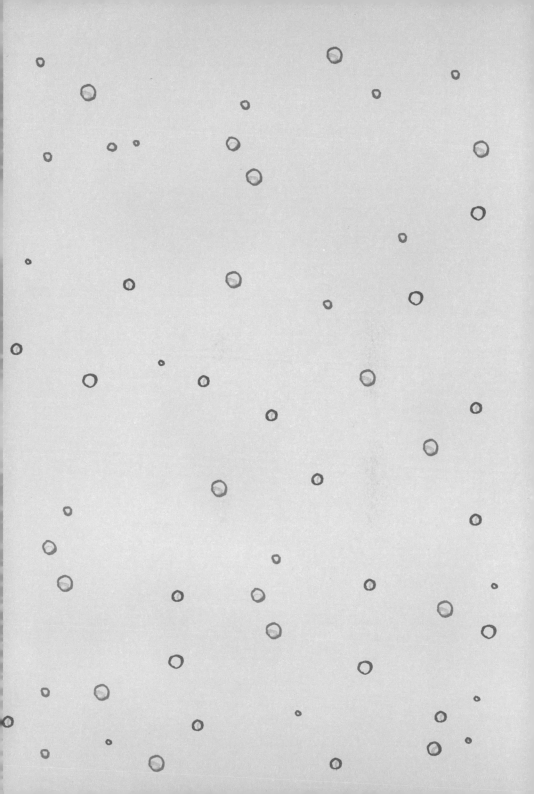

你會愛上月亮莎莎的五個理由……

快來認識牙齒尖尖又
超可愛的月亮莎莎！

她的媽媽用魔法把玩偶
「粉紅兔兔」變成真的了！

你跟美人魚一起
喝過茶嗎？

她是半吸血鬼、半仙子，
超級獨特！

神祕迷人的
粉紅Ｘ黑色
手繪插畫

月亮莎莎家族

我ˇ媽ㄇㄚ媽˙

寇ㄎㄡˋ蒂ㄉㄧˋ莉ㄌㄧˋ亞ㄧㄚˋ・月ㄩㄝˋ亮ㄌㄧㄤˋ

伯ㄅㄛˊ爵ㄐㄩㄝˊ夫ㄈㄨ人ㄖㄣˊ

甜ㄊㄧㄢˊ甜ㄊㄧㄢˊ花ㄏㄨㄚ寶ㄅㄠˇ寶ㄅㄠˇ

我爸爸
巴特羅莫・月亮
伯爵

我！
月亮莎莎

粉紅兔兔

國家圖書館出版品預行編目資料

月亮莎莎去露營／哈莉葉‧曼凱斯特 (Harriet Muncaster) 文圖;黃筱茵譯.－－初版二刷.－－臺北市: 弘雅三民, 2022
　　　面;　　公分.－－（小書芽）
　　譯自: Isadora Moon Goes Camping
　　ISBN 978－626－307－323－4　（平裝）

873.596　　　　　　　　　　　110014845

小書芽

月亮莎莎去露營

文　　圖	哈莉葉‧曼凱斯特
譯　　者	黃筱茵
責任編輯	林芷安
美術編輯	黃顯喬

發 行 人	劉仲傑
出 版 者	弘雅三民圖書股份有限公司
地　　址	臺北市復興北路 386 號 (復北門市) 臺北市重慶南路一段 61 號 (重南門市)
電　　話	(02)25006600
網　　址	三民網路書店 https://www.sanmin.com.tw
出版日期	初版一刷 2021 年 10 月 初版二刷 2022 年 9 月
書籍編號	H859640
I S B N	978-626-307-323-4

Isadora Moon Goes Camping
Copyright © Harriet Muncaster 2016
Traditional Chinese copyright © 2021 by Honya Book Co., Ltd.
Isadora Moon Goes Camping was originally published in English in 2016.
This translation is published by arrangement with Oxford University Press.
All rights reserved.

弘雅三民圖書

月亮莎莎

去露營

哈莉葉・曼凱斯特／文圖

黃筱茵／譯

三民書局

獻給世界上所有的吸血鬼、仙子和人類！
也獻給「海豚女王」艾琳・葛林。

第一章

　　我是月亮莎莎！我最好的朋友是粉紅兔兔。他是我最愛的玩偶，所以媽媽用仙女棒把他變成真的兔子。因為她是一位仙子，所以能夠施展魔法。

　　喔，我有沒有提到我爸爸是吸血鬼呢？因此，我是半吸血鬼、半仙子唷！

　　我第二好的朋友是柔依和奧立佛。我們都讀同一所學校。那是一間普通的人類學校喔，我超喜歡！

　　每天早上，柔依和奧立佛都會來敲我家的門，和我一起走路去上學。爸爸和媽媽總是不願去應門，因為他們還是覺得跟人類說話有點奇怪。

　　今天是暑假結束後，回學校上課的第一天，我真的好期待見到我的朋友們。當我一聽見門口傳來「砰、砰、砰」的聲音，立刻飛過去開門。

　　「柔依！」我撲到柔依身上，給她一個大擁抱。

　　我沒撲到奧立佛身上，因為他不喜歡擁抱。

　　我們沿著花園小徑走去學校，
粉紅兔兔則在我們身旁蹦蹦跳跳。
柔依走路的時候發出叮叮噹噹的聲
音，因為她身上戴了很多首飾。

柔依長大以後想當演員，所以每天都打扮成不同的樣子。

「今天我是女王喔！」柔依告訴我。她用手指繞著脖子上的一條項鍊，然後拍拍頭上的紙皇冠。「柔依女王！」

「我喜歡妳的手鍊，」我說。「妳在哪裡買的呀？」

「法國！」柔依說。「我們全家暑假時去那裡度假，實在太乀一大丶了。而且還是搭渡輪去的唷。」

「喔，聽起來好棒！」奧立佛說。他最愛各式各樣的船。

柔依在袋子裡撈了撈，掏出另一條手鍊。

「莎莎，這條手鍊送妳，」柔依說。「這是我從法國帶回來的小禮物。」

「哇！」我接過手鍊時說。「柔依，謝謝妳！」我戴上手鍊，內心深受感動。

「奧立佛，這送你，」柔依拿出一個法國國旗造型的磁鐵。

「真酷！」奧立佛說。「謝了，柔依。」

柔依真好心，去度假還帶禮物回來給我。可是我也覺得有點不好意思，因為我沒有準備禮物送她。

「希望今天的暑假分享活動快點開始！」奧立佛說。「我帶了假期時拍的照片，我們住的旅館在海邊唷！」

「聽起來真棒！」我說完後便試著改變話題，因為我突然不想再聊假期的事情了，尤其不想聊自己的假期。

我跟柔依和奧立佛一樣去了海邊，可是卻遇到奇怪的事——在人類的假期不太可能會發生的那種事。

等我們到了學校，櫻桃老師已經準備好進行暑假分享活動了。

「大家早安！」她對全班同學微笑著說。「希望你們都度過了美好的暑假。誰想第一個上臺分享自己的假期呢？」

好幾隻手迅速舉了起來，我則試著偷偷把身體藏在桌子後面。

　　我真的很不想站起來跟大家分享我的假期，他們一定會認為我的假期很怪異。我覺得好糗。

　　「月亮莎莎！」櫻桃老師說。

　　「妳來分享好嗎？」

　　我很驚慌的盯著她看。

　　「來吧，」老師說：「妳一定過了一個很愉快的夏天。」

　　我慢慢站起來，走到全班同學面前。一張張充滿期待的臉龐盯著我看，我深呼吸，感覺自己的聲音微微發抖。

　　「嗯……」我開口說。

　　事情是從一個天氣晴朗的早晨開始的。我走到樓下，發現媽媽正在廚房裡揮舞仙女棒。她用魔法在廚房正中央變出一頂花不隆咚的帳篷。我的妹妹甜甜花寶寶坐在嬰兒椅上，把土司往臉上抹，看起來亂糟糟。

　　爸爸和她一起坐在桌前，一邊打呵欠（他才剛結束他的夜間飛行），一邊喝著他的紅色果汁。

　　爸爸向來只喝紅色的果汁，這是吸血鬼的特殊喜好。

　　我走進廚房時，媽媽對我微微一笑。

　　「妳在這呀！」她說。「妳覺得怎麼樣？」媽媽指著帳篷。「喜歡這個圖案嗎？這是為妳準備的唷。我們要去露營了！」

　　「**什麼？**」爸爸說。

　　「露營啊！」媽媽又說了一次。「我們要去海邊露營，我今天早上訂好位置了。」

　　「我，」爸爸一臉正經的說：

「才不做露營這種事。」

「喔，別傻了！」媽媽說。「你會很喜歡的！早晨在戶外醒來時，會有陽光灑進你的帳篷。可以用營火煮東西來吃，還能在海灘上玩耍。還有什麼比這樣更棒呢？親近自然是多麼美好呀！」

爸爸看起來並沒有被說服。

我繞著房間中央的帳篷打轉，對它左看右看，還把門簾掀起來朝裡面瞄。

「妳覺得如何？」媽媽又問了一次。

「我不太確定這個顏色好不好耶，」我承認。「有一點太粉紅，又太花了……」

「好吧，」媽媽說。「那這樣呢？」她再度揮舞仙女棒，帳篷轉眼間變成黑白條紋的圖案。

「喔，這樣好多了。」我邊說邊爬進帳篷，粉紅兔兔跟在我後面，我們坐在帳篷裡聽爸爸和媽媽說話。

「我們的位置就在海灘旁邊，每天都可以到海裡游泳喔。」媽媽剛說完，粉紅兔兔立刻把手掌搗在耳朵上。他最討厭把身體弄溼了，因為他要花好久的時間才能把身體弄乾，我們還得把他掛在外面的曬衣繩上。

「總之……」媽媽說。「我已經訂好了。我們今天下午就要去露營，所以你們最好趕快打包！」

　　「那好吧，」爸爸說。「我要上樓洗澡，趁還沒出門前享受家裡舒適的衛浴設備。」

　　我確實很想知道，爸爸去露營的時候，沒有浴室要怎麼辦。

　　平時他總花好多時間在浴室裡。他會在洗澡時放古典樂，並點亮上百根搖曳著燭光的蠟燭，就這樣消磨好幾個小時。

　　接下來，他至少還要花一個鐘頭，用他那支特別的梳子梳理他閃亮亮、抹上髮膠的黑髮。

　　「吸血鬼的頭髮是他們驕傲和愉悅的源頭，」爸爸總是這麼說。「莎莎，妳應該要更常梳理自己的頭髮才對。」

於是吃完早餐後我們全都去打包行李，然後站在門口等爸爸。

最後，他終於帶著五個超大行李箱，出現在樓梯頂端。

「你不能把所有東西通通帶上車啦！」媽媽倒抽了一口氣。「車子會裝不下！」

「我們可以把行李綁在車頂上呀。」爸爸開心的說。

媽媽嘆了一口氣。她試著提起一個行李箱，可是箱子太重了，她甚至沒辦法把行李箱抬離地面。

「你究竟在裡頭放了什麼呀？」媽媽邊說，邊對行李箱揮舞仙女棒。行李箱猛然彈開，爸爸的好幾百樣美容用具全掉了出來，散落在地板上。

媽媽翻了一個白眼，指著一把彎曲的黑色梳子。「你不會真的要帶那個去吧？」她說。「那是你曾曾曾祖父的古董珠寶吸血鬼梳子耶。」

「對呀，那是我最愛的東西！」爸爸說。

「可是那把梳子很珍貴耶，」媽媽說，一面幫爸爸把所有東西放回行李箱。「你不想弄丟梳子吧！」

「我才不會弄丟呢，」爸爸說。他拿起梳子，欣賞握把上閃耀著光芒的紅寶石。「看看它多麼閃亮啊！」

爸爸的行李箱占了車子裡大部分的空間，連後座的粉紅兔兔、甜甜花寶寶和我都快沒地方坐了，感覺很不舒服。

車程很遠，粉紅兔兔一直在我的大腿上跳上跳下，想要看車窗外的大海。他不斷跳、跳、跳。最後，他再度一躍而起時，我們終於抵達目的地了！閃閃發光的蔚藍大海，彷彿是條橫跨在地平線上的璀璨緞帶。

「是海耶！」我大喊。「是大海！我們到了！」

甜甜花寶寶揮舞著圓潤的小手臂，表示贊同。

媽媽沿著凹凸不平的鄉村小路行駛，開始哼起歌來。粉紅兔兔和

我望向窗外，看見小路的盡頭有一個路牌，上面寫著：

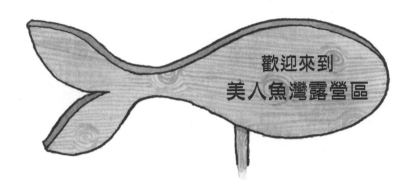

歡迎來到
美人魚灣露營區

「我們的位置在那一區！」媽媽興高采烈的說。車子經過路牌後，開進一塊小小的營地，裡頭有許多帳篷。

「這實在是太可愛了，對吧？」媽媽說。停好車後，我們走出車外。「莎莎，趕快多吸一點美妙的海風吧！」我用力的大口吸氣，粉紅兔兔也是。空氣聞起來鹹鹹的，非常清新。

媽媽用魔法把帳篷搭好。爸爸、媽媽和甜甜花寶寶睡的帳篷超巨大，看起來非常顯眼，一點也不像普通的帳篷。

「如果晚上會害怕的話，妳隨時可以來我們的帳篷喔。」媽媽對我說。

「我才不怕！」我大笑著說。「我可是半個吸血鬼耶，我愛夜晚！」

爸爸忙著翻找他的行李箱。「我記得我把蝙蝠圖案的壁紙放進來了呀。」他喃喃自語。

「一彈就開的四柱折疊床在哪個行李箱啊？還有，攜帶式冰箱的插頭到底要插在哪裡？」

等我們把東西全部整理好，天都黑了。媽媽和我升起營火，我們全都圍著營火坐下來，用長長的竹籤烤著棉花糖。

「這樣很棒，對吧？」媽媽說。「露營就是這麼好玩！」

我點點頭，滿嘴都是黏答答的棉花糖。

太陽下山後，爸爸的精神似乎也稍微振作了一點。他用吸管吸著紅色果汁，抬頭盯著天空看。

「在郊外可以看見更多星星喔。」爸爸說完就跳了起來，匆匆起身到帳篷裡拿他特別的天文望遠鏡。

「今天我要看整晚的星星！」他開心的宣布。

「不能看整晚啦！」媽媽說。「你得睡一下，這樣我們明天才能去海灘呀。」

「可是我們吸血鬼都是晚上醒著、白天睡覺啊！」爸爸驚呼。

「試試看嘛。」媽媽說。

爸爸嘆了一口氣。

「好吧，我會試試看啦。」他答應。

第二章

　　露營的時候，你通常會穿著睡衣到一個稱為「盥洗區」的地方去刷牙和洗澡。所以我得和住在這個營地的其他人一起肩並肩在水槽前刷牙。

　　雖然在公共場所穿睡衣感覺有點好笑，不過沒關係，因為其他人也都穿著睡衣！

　　刷完牙後，我們還要用媽媽的
仙女棒當手電筒，才不用摸黑走過
營地。粉紅兔兔和我爬進我們的條
紋帳篷。我們一起擠在睡袋裡，感

覺好舒服。爸爸幫
我們把帳篷門口的拉
鍊拉起來。

　　「莎莎晚安，」爸爸
說。「粉紅兔兔晚安。」

　　「晚安。」我打了個
呵欠。

　　我在黑暗中躺了一會
兒，四周都是奇怪的聲
音……東西摩擦的沙沙聲、貓頭鷹
咕咕的叫聲，還有人們講話的聲
音。可是我一點都不怕，我愛黑漆
漆的夜晚！

第二天，我很早就醒了，因為燦爛的陽光照在我的帳篷屋頂上，我都被熱醒了。

「早安啊！」我把頭探出帳篷時，媽媽開心的說。「等妳準備好，我們就要出發去海灘囉。只是，我們得先找到爸爸，不曉得他跑去哪裡了……」

我想到一個爸爸可能會去的地方。

盥洗區的淋浴間外面，排了好長的隊伍，大家都在抱怨。我迅速溜過他們的身旁，上前敲門。

「爸爸？」我說。

「怎麼啦？」

「你在裡面待多久了？」

「只不過幾個鐘頭而已呀。」

門底下冒出熱騰騰的蒸氣，爸爸滿足的哼著歌。

「爸爸，」我又開口說。「你知道外面有很多人在排隊吧。」

「有嗎？」爸爸的語氣聽起來很驚訝。

「**沒錯**，」我說。「你得快一點，我們要去海灘了。」

我聽見關水的聲音。

「好吧，」他說。「我要出來了。」爸爸圍著浴巾、包著頭巾出現，看起來神清氣爽。

　　我們沿著長長的排隊人龍往回走，我覺得很不好意思，臉都漲紅了。大家都瞪著爸爸，看起來不太開心。

「你在這呀！」我們回到帳篷時，媽媽說。「現在我們可以去海灘了！」

「我還沒準備好耶，」爸爸說。「給我五分鐘就好。」

半小時後，爸爸從帳篷裡走出來。他身穿黑色斗篷，戴著太陽眼鏡，腋下夾著黑色的遮陽傘。

不僅如此，他的手上還拿著一罐髮膠和他曾曾曾祖父珍貴的古董吸血鬼梳子。

「我準備好了！」爸爸咧嘴微笑。

　　我們從營地另一側的小門出去，沿著布滿沙子的小路走到海灘。媽媽接著在沙灘上鋪了一張野餐墊，坐了下來。

　　「這樣是不是很棒呀？」媽媽說。

　　的確非常棒。蔚藍的大海閃閃發光，溫暖的沙子讓我的腳趾頭癢癢的。

　　「爸爸，來跟我一起蓋沙堡嘛！」我說。

　　「好啊！再等我五分鐘就好。」爸爸把他的大黑傘架了起來，並在全身塗上厚厚一層防曬係數六十的防曬乳液。然後，他緊緊裹好身上的黑斗篷，拿出梳子。

　　「爸爸，你一定很熱吧。」我

對他說，一面在附近蓋起沙堡。

爸爸搖搖頭。

「我不熱。」他堅持，可是汗水卻沿著他的臉頰滴落。接著，爸爸開始處理他的髮型，他把一大坨黏糊糊的髮膠抹到頭上。

等爸爸總算梳理整齊時，我已經蓋好沙堡了。這是一座很大的沙堡，我還搭建了許多塔樓。粉紅兔兔和我也沿著海灘收集了許多貝殼，我們把貝殼鑲在城堡的牆上當作裝飾。

「沙堡好像還缺了一點什麼耶。」我們把貝殼全都鑲在沙堡上之後，我跟粉紅兔兔說。「沙堡最頂端還需要一個裝飾，這樣才算完工。」

　　我看了爸爸一眼，他正在遮陽傘下打盹。我突然想到一個主意。

　　「如果我們只借走寶石梳子十分鐘，爸爸不會發現的。」我悄悄對粉紅兔兔說。我們躡手躡腳的走過去，接著我拾起梳子。這把梳子真的好美呀，握把上的紅寶石在陽光下閃耀著光芒。我把梳子插進沙堡最高的塔樓頂端，往後退一步，欣賞我的傑作。

　　我回頭看了爸爸一眼，他還在睡覺。

　　「莎莎，」媽媽呼喚著我。「妳想不想跟我和甜甜花一起下水呢？」

　　「好呀，我要！」我興奮的大聲喊著。

　　所以我們幫甜甜花寶寶套上游泳圈，然後前往岸邊。

　　「爸爸，快過來嘛！」我喊著。「泡在海水裡很舒服、很涼爽唷！」

　　可是遮陽傘下的爸爸還是睡得很沉，沒聽見我的聲音。這真是太可惜了，爸爸很愛游泳的。他每個星期都帶我去上小吸血鬼的游泳課，我們總是一起在游泳池裡玩得很開心。爸爸一直想教會我游泳，不過我還沒完全學會。

　　「這實在太棒了！」媽媽邊說，邊和甜甜花寶寶一起在浪花中戲水。

甜甜花寶寶揮舞著小小的手臂，踢著小小的腳。她張開嘴巴，快樂的咿-咿-呀-呀尖叫……

結果，她的奶嘴撲通一聲掉進水裡了。

「喔，糟糕！」媽媽說，試著要抓住奶嘴。

我看著奶嘴慢慢沉進海底。甜甜花寶寶開始嚎啕大哭。

「喔，糟糕！」媽媽又說了一次。

「哇哇哇哇哇！」甜甜花寶寶發出尖叫。

我決定要勇敢起來。於是我屏住呼吸，瞇起眼睛，然後**把頭放進水裡**！

這時我只聽得見浪濤的怒吼

聲。我偷偷睜開眼睛向四周張望時，周遭的一切都變成霧濛濛的綠色。我把手臂奮力往前伸，想要拿到奶嘴。

「莎莎！」過了幾秒鐘，當我從水裡探出頭來的時候，媽媽興奮的大喊。「妳剛才在水底下游泳耶！」

我把奶嘴舉在空中，彷彿奶嘴是座獎盃似的。

「我成功了！」我大喊著。

「妳好棒！」媽媽露出驕傲的微笑。「實在太厲害了！」

「真希望爸爸也有看到。」我說。

　　等我們回到岸邊時，海浪已經把我的沙堡沖走了，爸爸則焦急的收拾我們所有的東西。

　　「我很確定我有把它帶來呀。」爸爸喃喃自語。

　　「你掉了什麼東西嗎？」媽媽問。

　　「我的梳子！」爸爸回答。「我曾曾曾祖父寶貴的古董吸血鬼梳子！」

　　我愣住了。雖然今天很溫暖，我卻突然覺得全身發冷。我看著剛才蓋沙堡的地方，發現自己忘記把插在沙堡頂端的梳子收起來。現在，梳子被海浪沖走了！

　　「爸……」我開口。可是我的嘴巴卻說不出其他話。

　　「我確定有帶來呀，」爸爸說。他滿臉疑惑，搔著自己的頭。「本來是在**這裡**的呀！」

　　「梳子應該就在這附近吧，」媽媽說。她在爸爸剛才坐的位置附近翻來翻去。

　　「一定是被偷走了！」爸爸哀號著。

　　「胡說，」媽媽說。「誰會偷走梳子啊？」

「也許
是螃蟹？」
爸爸輕輕哼
了一聲。
「一隻偷偷
摸摸的小螃蟹！」

　　「不太可能吧，」媽媽說。
「應該在這附近而已，我用魔法找
找看。」

　　媽媽揮舞仙女棒，可是梳子還
是沒出現。

　　「這也太奇怪了，」媽媽皺著
眉頭說。「我的魔法通常都很有
效啊！」

　　我覺得好愧疚，肚子也痛了起
來。可是我實在說不出口，我沒辦
法告訴爸爸他找不回梳子了……

　　我們沿著海灘走回營地。爸爸的嘴角下垂，看起來一臉不開心。

　　「我們得盡快告訴他，」我低聲對粉紅兔兔說。「也許等到晚餐後，在睡覺之前……我想他喝完紅色果汁後，心情應該會比現在好一點吧。」

　　粉紅兔兔點點頭，他知道誠實永遠是最好的選擇。

　　「爸爸，關於你的梳子，我真的覺得很抱歉。」爸爸在睡覺時間來幫我們蓋被子時，我脫口而出。

　　「莎莎，這又不是妳的錯，」爸爸露出悲傷的笑容。「我很確定梳子會出現的。」

　　我深深吸了一口氣。

「其實……」我正要說出口，可是爸爸聽見媽媽在呼喚他，便轉過了頭。

「我要回去了。」他說。「莎莎晚安。」

「晚安。」我小聲的回答。

第三章

　　粉紅兔兔和我躺在黑暗中。梳子的事讓我的心情糟透了，實在睡不著。

　　梳子永遠沉到又深又暗的藍色海底了！

　　真的會這樣嗎？

　　我在床上坐了起來。梳子有沒有可能再被沖回沙灘上呢？

我匆匆忙忙離開睡袋，往帳篷的開口爬過去。

「粉紅兔兔，」我輕聲說。「醒醒啊！我們要去海灘。」

粉紅兔兔馬上從床上跳起來，我想他一定也睡不著覺。我們一起溜出帳篷，站在漆黑的營區裡。

天空中布滿了星星，四周只聽得見人們微弱的打呼聲。

我踮著腳尖走向爸爸和媽媽的帳篷。

「我們需要用媽媽的仙女棒當手電筒。」我悄悄對粉紅兔兔說，一面安靜的從媽媽的包包裡拿出仙女棒。

我在空中揮舞仙女棒，棒子頂端的星星立刻閃耀著粉紅色的光芒。我握住粉紅兔兔的手，拍動翅膀，帶他一起飛到空中。

我好愛飛行，尤其是在夜晚飛行。我們在營地上盤旋，越飛越高，直到所有的帳篷看起來就像小黑點。接著，我們往下衝向海灘，迎向怒吼的海浪聲。

我把媽媽的仙女棒指向沙灘。

「梳子可能被沖到這附近了。」我滿懷希望的說。

我們沿著海岸線來回走動，在仙女棒粉紅色的光芒下瞇著眼睛尋找著。小小的海玻璃碎片和珍珠色的貝殼對我們眨眨眼睛，可是它們都不是爸爸的梳子。

粉紅兔兔緊緊握住我的手。有時候，黑暗對他

來說有點太神祕了。

突然，海面上傳來一陣小小的水花聲。

我盯著粉紅兔兔看。

「那是什麼聲音？」我小聲的說。

粉紅兔兔也不知道，因為他用手掌蓋住了眼睛。

我望著大海，水裡有個東西正閃爍著亮晶晶的光芒，也許那就是爸爸的梳子！我拉著粉紅兔兔飛到空中。

「來吧！」我跟他說。「我們去看看！」

我們拍著翅膀，朝著海上亮晶晶的東西飛去。當我們靠近時，我發現那個東西正在移動。

「那不可能是梳子啊。」我對粉紅兔兔說。等飛得更近時，我聽見一個清脆又溫柔的聲音喊著。「妳好？」

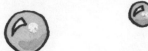

　　我看見海裡有一個跟我年紀差不多的女孩。她的頭髮好長好長，閃亮亮的魚尾巴不停在水面上拍打著。我抱著粉紅兔兔飛到女孩的上方，不讓他碰到水。

　　「妳是美人魚嗎？」我問。

　　「對呀，」她回答的嗓音彷彿在歌唱一般。「妳怎麼能在空中飄浮啊？」

　　「我是在飛，不是飄浮！我是半吸血鬼、半仙子。」我在空中轉了個身，讓她看看我的翅膀。

　　「我從來沒見過半吸血鬼、半仙子耶！」她說。

　　「我從來沒見過美人魚耶！」我回答。

　　我們兩個都大笑出聲。她的笑

聲聽起來好像一串串貝殼在微風中搖晃時的清脆聲響。

「我叫瑪莉娜，妳呢？」

「我是莎莎，」我說。接著我指著粉紅兔兔說：「這是粉紅兔兔。」

「他看起來好奇怪，」她咯咯笑著說，伸出手來戳著粉紅兔兔的肚子。粉紅兔兔的身體一陣僵硬。他不喜歡人家說他奇怪。

「你們這麼晚還在這裡做什麼？」瑪莉娜問。

「我在找一樣很寶貴的東西。今天我們來海灘的時候，在這裡弄不見了。」

「喔？」瑪莉娜說。「是什麼東西？」

「是梳子，」我說。「一把很特別的梳子，是我爸爸的。」

「黑色的嗎？」瑪莉娜問。「梳子的形狀彎彎曲曲的？上面還有紅寶石？」

「對！」我充滿希望的說。「妳有看到它嗎！？」

「我有看到……」瑪莉娜說：「可是……」

「梳子在哪裡？」我很興奮的問她。「我得把它拿回來！」

瑪莉娜看起來有點煩惱。

「美人魚公主拿走了，」她說。「所有在海灘上發現的美麗珠寶都要交給美人魚公主。她不喜歡分享。」

「可是，那是我爸爸的梳

子，」我的聲音有些驚慌。「我必須把它拿回來。」我的眼睛裡都是淚水。

瑪莉娜咬住嘴唇。

「情況有點棘手，」她說。「妳知道，海底世界的規定不太一樣。在這裡……誰找到就是誰的。」

我擦了擦眼睛，吸吸鼻子。

「不然這樣好了，」瑪莉娜說。「我帶妳去見美人魚公主如何？妳可以親自問她呀！也許跟她解釋以後，她會願意還給妳。」

我感覺到粉紅兔兔正害怕的拉住我的手，他很怕水。

「到宮殿的路不遠，」瑪莉娜說。「跟我走吧！」

　　我盯著水面看，夜空下的海水一片漆黑。

　　「我現在能在水底游泳了，」我很得意的告訴瑪莉娜。「可是我沒辦法閉氣太久，這樣我們怎麼跟得上妳？」

　　瑪莉娜再次發出如鈴鐺般清脆的笑聲。

　　「喔，我真傻！」她說。「我剛剛忘了說，只要戴上這個，妳就可以在水底下呼吸了，它有魔法喔！」

　　瑪莉娜遞給我一條貝殼項鍊，於是我戴上項鍊。

「那粉紅兔兔怎麼辦？他最討厭把身體弄溼了。」

「嗯，」瑪莉娜很認真的思考著。「我知道了！」她拍動尾巴，在水面製造出一些泡泡，然後用指尖頂著其中一個泡泡，對著它吹氣。泡泡越變越大，大到粉紅兔兔可以躲在裡面。然後，她對我伸出手。

「來吧！」瑪莉娜說。「我們出發吧！」

我露出微笑，試著表現出勇敢的樣子，讓她把我拉向水面。一開始海水感覺很冷，我倒抽了一口氣。

「妳會習慣的。」瑪莉娜說。

水底的一切在月光下閃閃發亮，海草在我們下方輕輕搖曳，還

有一群銀色小魚在海草叢間快速的游來游去。我驚訝的發現自己可以自在的呼吸，跟在陸地上一樣。我轉頭看了肩膀上方一眼，確定粉紅兔兔平安無事的待在他的泡泡裡。

瑪莉娜指著遠方的一個黑影。

「那就是宮殿，」她說。「一點也不遠吧！」

「妳可以在水底下說話！」我訝異的用手搗住嘴巴。「我也可以耶！」我讚嘆著。

瑪莉娜又大笑了。「那是因為妳戴著魔法項鍊啊！」她解釋。「而且我當然可以在水底下講話囉，我可是美人魚耶！」

我們繼續朝那個黑影游去。現在靠得更近了，我看得見直直聳立的尖頂和塔樓。宮殿非常漂亮，牆上還鑲嵌著貝殼裝飾，跟我的沙堡一樣！

「我們到了！」瑪莉娜說。她用力推開巨大的前門，邀我進入寬廣的入口大廳。

廳內到處都閃耀著光芒，連牆上都綴滿了璀璨的寶石與珍珠。

「哇！」我說，盯著周圍看。「好美唷！」

瑪莉娜帶我們走進另一個很大的房間。房間中央是一張銀色的寶座，而美人魚公主就坐在上面。

因為她戴著皇冠，我看得出來她正是那位公主。她的膝蓋上放著一隻泰迪熊，只不過它沒有腿，反而長著一條美人魚的尾巴。

公主正忙著幫小熊梳毛……用的就是爸爸曾曾曾祖父的寶貴梳子！

我們游進房間時，公主抬起頭來看了我們一眼。她全身上下都金光閃閃 ── 頭髮上有珍珠和海星，手臂上還掛著一串串寶石手鍊。她的脖子上甚至戴了好多串珍珠項

鍊，在海底的光線下，全都散發著
耀眼的光芒。

　　瑪莉娜輕輕咳嗽一聲。「公主
殿下，」她說。「我帶了一個人來
見您。」

　　「怎麼回事？」公主用疑惑的
口氣問。「妳沒有尾巴！」

　　「我沒有尾巴，」我說。「可
是我有翅膀喔！我是吸血鬼仙子。
我叫月亮莎莎，這是粉紅兔兔。」

　　「我知道了，」公主說，很感
興趣的看著粉紅兔兔。「我叫黛爾
菲娜，黛爾菲娜**公主**。有一天我會
成為海洋女王！」

　　我露出緊張的微笑。

　　「其實，我想跟妳談一件
事，」我說。「請問妳手上拿的梳

子，可不可以還給我呢？我今天早上在海灘上把它弄丟了。那是我爸爸的梳子，是他最喜歡的東西。梳子弄丟後，他真的很傷心。」

　　黛爾菲娜公主的眼睛突然閃爍了一下。

　　「可是我喜歡這把梳子，它好閃亮。」她把梳子舉起來，紅寶石在光線照耀下閃閃發亮。

　　「對呀。不過，梳子並不是妳的。」我說。

　　「嗯，不然只要妳留下來喝杯茶……妳就可以拿回梳子。」

　　「喔，」我覺得很驚訝。「沒問題！我們當然可以留下來喝杯茶囉！」

第四章

　　所以粉紅兔兔、瑪莉娜還有我，就跟黛爾菲娜公主和她的美人魚小熊一起喝茶。我們吃了杯子蛋糕和海裡的莓果，還有切了土司邊的小蝦子三明治。一切都很棒，只是食物吃起來都有點溼溼軟軟的。

　　「茶會很棒，」我客氣的說。「謝謝妳！請問我現在可以拿回梳子了嗎？」

黛爾菲娜公主皺起眉頭。

「只要妳跟我玩一場捉迷藏，」她說。「我就會還給妳。」

「可是……」我說。

「我來當鬼！」公主說。「快去躲起來！」

所以，我們又一起玩了很久的捉迷藏。瑪莉娜輕聲跟我說，每次都要讓公主贏才行，所以我們都讓著她。

「太好玩了！」公主說。「現在我們來玩別的吧！」

我抬頭盯著水面看，心裡有點擔心。天色已經開始變亮了。

「我們來玩……打扮遊戲！」美人魚公主說。

她帶我們走向寶座旁的一大箱首飾，開始拿出珍珠項鍊、珊瑚手鍊，還有很多用貝殼跟海星製成的頭飾。

「把這些戴上！」公主下令，並把珠寶首飾遞給我。

「我……」我想要抗拒。

「喔，我們繼續玩嘛，」公主說。「從來沒有人來陪我玩。」

我再次抬頭望著水面，現在天色又變得更亮了。

「我沒辦法耶，」我說。「抱歉，可是我真的得走了。我現在能把梳子拿回來嗎？拜託。」

　　公主看起來很生氣，又有點傷心的樣子。

　　「我會還給妳……只要妳把粉紅兔兔給我。」她說。

　　「喔，不行！」我非常震驚。「我絕對不會把粉紅兔兔給妳，而且他一定不喜歡在海底生活。」

　　公主看起來很失望，我突然明白這到底是怎麼一回事了——她很寂寞。

「我有個主意，」我說。「我試試把妳的美人魚小熊變成真的，用來交換梳子如何？我把媽媽的仙女棒帶來了，我想我知道該怎麼做。」

公主的眼睛頓時亮了起來。她把美人魚小熊緊抱了一下，然後把小熊舉到我面前。

「好呀！」她說。「如果妳能讓我的熊變成真的，我保證把梳子還給妳。」

我拿出媽媽的仙女棒，指著小熊。使用仙女棒不是我的強項，不過我還是得試試看。

我在水裡來回揮舞仙女棒，此時一連串泡泡從棒子頂端射出。

當泡泡一散開，只見
美人魚小熊的頭和手都不斷抽動。

看起來不
太對勁……

我很快
的再度揮舞
仙女棒……

然後又再
揮舞了一次 ……

最後 ……
我終於成功了！

「呼 ── ！」
我低聲對粉紅兔兔
說。「差一點就失
敗了。」
　美人魚小熊繞
著公主的頭轉圈游
泳時，公主笑得好
開心。

她把梳子拿到我的面前。

「謝謝妳，莎莎！」她說。「梳子給妳吧，它是妳的了！」

我在公主可能改變心意以前，趕快把梳子小心的收進睡衣口袋裡。然後，和瑪莉娜一起向公主道別，離開了宮殿。

在繼續往上游回水面的途中，我看得出來現在其實已經是早上了。

我們抵達水面後，我吸了一大口氣。粉紅兔兔的泡泡「啵」一聲不見了，幸好我在他跌進水裡前及時接住他。

　　瑪莉娜對我微笑，我也回她一個微笑。

　　「很高興認識妳。」她說。

　　「能夠認識妳我也覺得很高興，」我回答。「真的很謝謝妳幫我找回爸爸的梳子。」

　　「這是我的榮幸，」瑪莉娜用她鈴鐺般的輕柔嗓音說。「妳讓美人魚公主很開心！」

　　我取下脖子上的魔法項鍊。

　　「妳留著吧，」瑪莉娜說。「雖然已經沒有效了，但它還是很漂亮喔。妳可以戴著！」

　　「謝謝妳。」我說，打從心底覺得快樂。

　　瑪莉娜望著逐漸上升的太陽。

　　「我現在該走了，」她說。
「我不想被任何人類看見，妳最好
也趕快回去。」

我點點頭，在振翅飛到空中時
濺起一串串水珠。

「瑪莉娜再見！」我說。

「莎莎再見！」她回答，接著
她的身影在一陣水花和笑聲中消
失了。

我把粉紅兔兔抱在懷裡，用最
快的速度飛回營地。現在的時間還
很早，周遭一切寧靜。

我溜進爸爸和媽媽的帳篷，把
仙女棒塞回媽媽的包包裡，然後回
到我們自己的帳篷，換上乾衣服。

等我再把頭探出帳篷時，卻看
見讓我大吃一驚的一幕。

　　爸爸竟然就坐在營火邊！他穿著襯衫和短褲，正忙著幫大家準備早餐。

　　「妳起來啦，莎莎，」他說。
「妳真早起呢！」

「可是……可是……你怎麼會這麼早起來？」我問。

「今天看起來會是個美好的一天，」爸爸說。「我們要再去一趟海灘喔。昨晚媽媽告訴我，妳會在水底下游泳了。真抱歉爸爸錯過了，我不想再錯過這次假期的任何事。我等不及要看看妳怎麼在水底游泳！」

「我也等不及要游給你看了！」我說。「可是爸爸，你的梳子怎麼辦？」

有那麼一會兒，他看起來很傷心，不過他接著搖了搖頭，然後聳聳肩。

「那把梳子確實很美。」他

說。「而且很珍貴。但這是我的錯，我不該把梳子帶去海灘，應該把它留在帳篷裡的。而且妳知道嗎？我一直在想：跟家人在一起，比那把蠢梳子更重要。」

「再說，」他繼續說著，用手拂過自己滑順的頭髮。「我還有髮膠啊。」

我把梳子從背後拿出來，在爸爸面前停住。他的眼睛瞬間睜得又大又圓，嘴巴也張成「O」字型。

「真的很對不起，」我說。「但其實是我把梳子弄丟的。我原本把它放在沙堡上，結果被海水沖走了。我後來到處去找，終於把梳子找回來了！很抱歉沒有早一點跟你說。」

爸爸接過梳子，臉上露出燦爛的笑容。

「我的梳子！」他邊喊邊跳。
「我心愛的梳子！」他親吻梳子，
然後趕忙跑進帳篷，小心翼翼的把
它鎖進行李箱裡。

等爸爸回來，我們一起坐在營
火邊。

「莎莎，妳知道嗎，」爸爸
說。「我很高興妳找到我的梳子，
不過誠實永遠是最好的選擇。如果
妳告訴我妳把梳子弄丟，我們就可
以一起去找了。」

「爸爸，對不起。」我說。

爸爸給了我一個大大的擁抱，
然後我們一起做早餐。

接著，我們一起去了海灘。那
是有史以來最棒的一天。

　　爸爸下水，讓我坐在他的背上，我則展現著我的游泳技巧。經過前一晚的練習後，我現在更厲害了。爸爸對我的泳技印象深刻。

　　之後我們全家一起野餐，還一起蓋出全世界最大、最豪華的沙堡！

　　「很適合美人魚吸血鬼仙子耶！」爸爸說。

　　那天晚上，我們全家圍坐在營火旁吃晚餐時，我覺得好開心。爸爸甚至嘗試吃了一根烤棉花糖！除了紅色果汁以外，他通常會拒絕吃其他食物。

　　「莎莎的泳技真的超厲害！」他說。「好高興我今天見識到了。」

我舔著棉花糖時，覺得驕傲得不得了。

爸爸用手臂環抱著我、媽媽，還有甜甜花寶寶，火光映照在我們的臉龐上，我突然覺得好累。

「妳剛剛真的就跟美人魚一樣喔！」我挨近爸爸時，爸爸對我說。

我覺得好想睡，但還是笑了出來。「爸爸，別開玩笑了，」我說。「大家都知道，美人魚根本不存在！」

我轉頭對粉紅兔兔眨眨眼。

月光在他的釦子眼睛上閃爍，我知道他也在對我眨眼睛。

　　我分享完後，才發現全班都張大嘴巴盯著我看，就連櫻桃老師也一樣。

　　「莎莎，看來妳度過了很神奇的假期呢！」老師說。

　　「我想看美人魚！」柔依大聲喊著。

　　「我想用營火烤棉花糖！」奧立佛說。

　　「我想睡在帳篷裡！」另一個同學說。

　　我指著脖子上的貝殼項鍊。

　　「這就是美人魚送我的項鍊，」我告訴同學們。我把項鍊拿下來，舉到空中。貝殼發出叮叮噹

噹的聲響，聽起來就像瑪莉娜的笑聲。

「喔──！」全班同時發出小小的讚嘆聲，大家的眼睛張得又大又圓，像小碟子一樣。

柔依的眼睛張得最大。我走到她的位子旁，把項鍊遞給她。

「送給妳，」我對她說。「假期的禮物！」

柔依高興得臉頰綻放光芒。

「真貼心，」櫻桃老師說，然後看了手錶一眼。「我的天呀！」她驚呼。「看看現在都幾點了！我們吃完午餐再繼續分享吧。莎莎，謝謝妳的分享，妳的假期真的太有趣了。」

我露出微笑，突然不再這麼害怕分享時間了。

「我猜妳家明年應該還會再去露營囉，」櫻桃老師說。「因為這個暑假實在太棒了！」

「喔，不會耶！」我很驚訝的說。「爸爸負責決定明年的假期。我們要去午夜吸血鬼旅館，那裡有按摩中心唷！」

心理測驗

你比較像仙子？還是比較像吸血鬼呢？做個測驗找出答案吧！

❶ 你的房間是：

A. 黑色，有一張高級四柱床和蝙蝠圖案的壁紙

B. 粉紅色，而且亮晶晶又擺滿花朵，不過其實我更喜歡睡在戶外的星空下

C. 黑色和粉紅色相間，建在塔樓上，還有星星棉被和窗戶

❷ 當早上醒來準備梳妝打扮時，
你會：

A. 花上好一陣子仔細梳理頭髮，
使用大量髮膠和一把細齒梳，
確保頭髮完美又整齊

B. 揮舞仙女棒變出新髮型，每天
不一樣唷，然後灑上一些亮
粉，讓自己綻放光彩！

C. 我的頭髮很狂野，還很會打
結，但我就是喜歡它這樣！

❸ 在假期間露營時，你會：

A. 揮舞仙女棒把帳篷架好，接著出去探險

B. 撐起你的四柱折疊床躲避陽光

C. 到海裡開心的玩水

❹ 我的 「完美的一天」是：

A. 我不喜歡在早上活動，整晚熬夜不睡覺和觀星才適合我

B. 在樹林中四處採集、升魔法營火、在野溪裡游泳等等……做所有和大自然有關的事情！

C. 舉辦亮粉茶會、到空中飛一會兒，當然還有練習我的芭蕾舞

⑤ 你理想的寵物和夥伴是：

A. 一隻蝙蝠，有著絲綢般光滑的
  毛皮和閃亮的黑眼珠

B. 我在樹林中或溪流旁遇見的任
  何一隻動物

C. 一隻可愛又充滿智慧的兔子

測驗結果揭曉！

大部分選 A：
你是一個外觀整
潔又優雅的吸血
鬼！你熱愛夜
晚、喜歡和寵物
蝙蝠一起飛翔，
還喜歡觀賞星空。

大部分選 B：
你是一個閃閃發亮的仙子！你
熱愛大自然、喜歡採集花朵，
也喜歡在野溪玩
耍，並讓所有東
西都充滿魔法！

大部分選 C：

你是半仙子、半吸血鬼，超級與眾不同，就跟月亮莎莎一樣！

所以，你比較像仙子，還是
吸血鬼呢？

☐ 仙子

☐ 吸血鬼

☐ 兩者都是！

月亮莎莎 系列 **1** ～ **4** 集可愛登場！

喜歡月亮莎莎魔法世界的你，千萬不要錯過！

快來看看莎莎跟她與眾不同的家人
又會發生什麼精彩好玩的故事吧！

月亮莎莎去上學

她媽媽是仙子，她爸爸是吸血鬼，而她自己嘛，是**仙子**也是**吸血鬼**唷！

她喜歡夜晚、蝙蝠和她漆黑的芭蕾舞衣，但她也同樣喜歡陽光、仙女棒，當然還有粉紅兔兔！

但是當莎莎準備要去上學時，她開始煩惱自己究竟屬於哪裡？她到底該去**仙子學校**，還是**吸血鬼學校**？

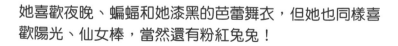

月亮莎莎過生日

莎莎很愛參加人類的生日派對，現在輪到她舉辦自己的派對了！

可是莎莎的爸爸和媽媽辦的生日派對，**根本不可能和那些人類派對一樣……**

月亮莎莎看芭蕾

莎莎很愛跳芭蕾舞，尤其愛穿著自己漆黑的芭蕾舞衣跳舞。沒想到班上的校外教學正是要去劇院看表演！她等不及跟全班同學一起欣賞真正的芭蕾舞演出了！

只是，當舞臺的布幕升起，
粉紅兔兔怎麼會出現在舞臺上？

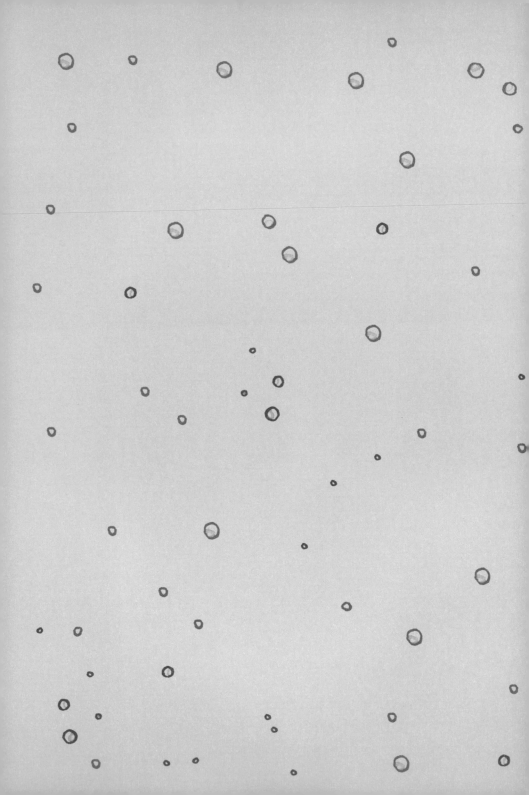

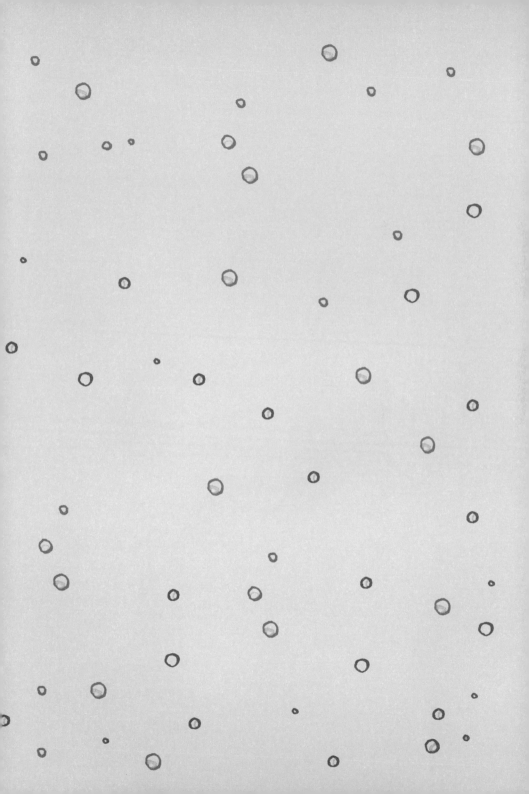